奶奶的怪耳朵

任溶溶/文　董　丽/图

上海教育出版社
SHANGHAI EDUCATIONAL
PUBLISHING HOUSE

图书在版编目(CIP)数据

奶奶的怪耳朵 / 任溶溶文；董 丽图. –上海：上海教育出版社，2016.10（2018.12重印）

（中国童话绘本）

ISBN 978-7-5444-7258-6

Ⅰ.①小… Ⅱ.①任… ②董… Ⅲ.①童话－中国－当代 Ⅳ.①I287.8

中国版本图书馆CIP数据核字(2016)第243445号

中国童话绘本

奶奶的怪耳朵

作　者	任溶溶/文 董 丽/图	邮　编	200031
策　划	中国童话绘本编辑委员会	印　刷	上海中华印刷有限公司
责任编辑	李 航 陈 群	开　本	787×1092 1/16
书籍设计	王 慧 林炜杰	印　张	2.5
封面书法	冯念康	版　次	2016年10月第1版
出版发行	上海教育出版社有限公司	印　次	2018年12月第4次印刷
官　网	www.seph.com.cn	书　号	ISBN 978-7-5444-7258-6/I·0074
地　址	上海市永福路123号	定　价	30.00元

我们大楼里有一个孩子叫闹闹。

早晨，先是听到他"咚咚咚"的下楼脚步声，接着是他从上而下的大叫声："我早说过要换衬衫，你怎么忘了？今天要检查卫生！唉哟哟，瞧你的记性！"

闹闹说的"你"，就是他的奶奶。

下午，放学后，自然会听到这样的"三部曲"："咚咚咚"的上楼脚步声；接着是"嘭"，脚踢房门的声音；接着是闹闹的大叫声："饿坏了，你快给我吃点心！""怎么搞的，一点吃的都没有？！"

闹闹说的"你"，当然也是他奶奶。

　　可这几天突然听不到闹闹的闹声了。是什么原因呢？他自己说，是奶奶那双怪耳朵治好了他爱闹的毛病。你相信吗？

　　话说那天下午闹闹放学回家，"咚咚咚"上楼，"嘣"地一声踢开了房门，把书包往桌子上一扔，哇哇大叫："饿坏了，饿坏了，快给我吃……"

　　闹闹这闹声别说整个房间，整座大楼上三层下三层都听见了，可是他奶奶没听见。

奶奶就在房间里听收音机。闹闹这么"咚咚咚"上楼，这么"嘣"地一声踢开门，这么哇哇大叫，她身子竟然连动也不动，就像没有这些声音似的。

瞧她，收音机开得很轻，在放越剧，她倒听见了，而且听得津津有味，难道是因为她耳朵对着收音机的缘故？

这天晚上吃饭，就她和闹闹两个，该是面对面了吧？可她的耳朵还是不灵。

闹闹一看桌子上的菜，就先不高兴。怎么能没炒鸡蛋？他早晨就大喊大叫跟奶奶说过，今天晚上非吃炒鸡蛋不可。于是他筷子一拍，叫起来了："我要吃炒鸡蛋！我要吃炒鸡蛋！我要吃炒鸡蛋！"

奶奶也停下筷子，盯住他的嘴看。她觉得很奇怪，轻轻地说："你的嘴像大头鱼那样一张一张的干什么？"

闹闹叫得更响了："我要吃炒鸡蛋！我要吃炒鸡蛋！"

奶奶从惊奇到着急："怎么啦，脸这么红，都发紫了。别是生病了吧？发烧了？"她连忙站起身子，过来摸闹闹的脑门："倒没发烧。可你的模样怎么这么可怕呀？"

闹闹一个劲地叫："我要吃炒鸡蛋！我要吃炒鸡蛋！我要吃……"

他嗓子也叫哑了，不知怎么搞的，眼泪就扑簌扑簌地流下来。他这是气呀！

　　奶奶戴上老花镜，仔细地看着闹闹，看了半天，终于作出结论："我总算弄明白了，你这是牙疼。让我来看看你哪只牙有病。"

　　奶奶说着就弯下腰低下头来看闹闹那张开的嘴，还一个劲地问哪只牙疼："上面的还是下面的，左边的还是右边的？"

闹闹把嘴捂住，气得又哭又叫："我的牙一点毛病也没有，真拿你没办法。"

可奶奶硬把他的手拉开，用戴着老花镜的眼睛把他的大嘴瞧啊瞧的。

"有了有了，里面有一颗牙有毛病……喏，上面左边那一颗……"

"唉哟唉哟，我受不了啦，我的妈呀！"闹闹可真的受不了了。

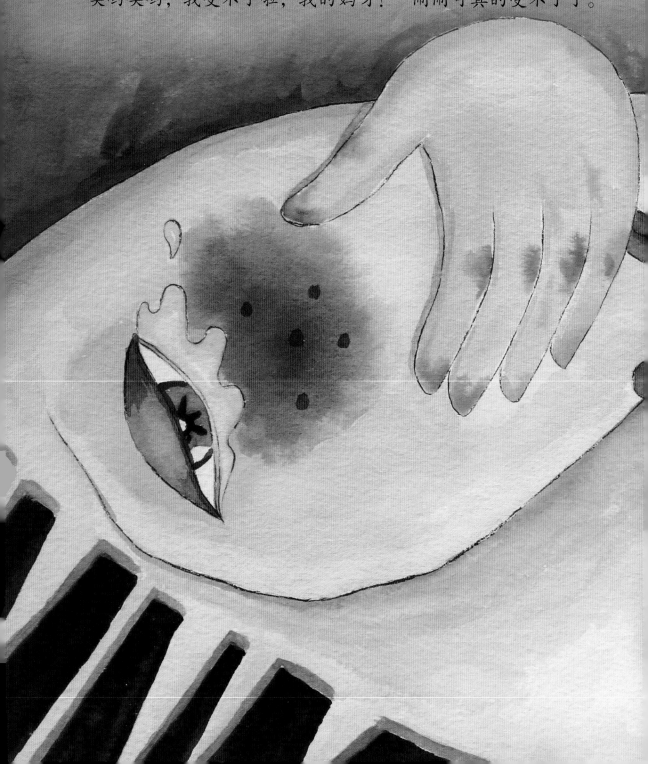

奶奶着急地说："唉，看也没用，得上牙病防治所去。可这会儿牙病防治所都关门了。这样吧，我来给你吃止痛药……"

奶奶说着就去翻抽屉，找出一瓶止痛药，倒出两粒，又倒了杯开水，过来要闹闹吃药片。

闹闹给折腾得力气也没有了，只好讨饶："奶奶，奶奶，我谢谢您了……"

奶奶忙说："好了好了，你说话了。谢我干吗？快吃药。你吃了药牙就不疼了。"

闹闹这句话奶奶怎么听见了？她半天听不见，这会儿怎么又听见了呢？

闹闹有气无力地低声说："奶奶，我的牙实实在在不疼。"

"哦，你的牙不疼了，那好，就不用吃药了，还是吃饭吧。"

这句话奶奶也听见了。

可闹闹想了想，太冤了，刚才白白叫了一通，折腾了一番，结果炒鸡蛋还是没吃上。

　　不行，不能白叫，也不能白折腾，再说气也缓过来了，精力也有了，于是他又指着嘴大叫："我要吃炒鸡蛋！我要吃炒鸡蛋！我要吃……"

"糟了,"奶奶说,"你的牙又疼了,疼得话也说不出来,光指着嘴巴告诉我牙疼!不要紧不要紧,快把止痛药吃下去,包你不疼,明儿一早上牙病防治所去看病……"

　　闹闹的话奶奶又听不见了。

　　闹闹这回再也不肯让奶奶按住看牙了,他刚才已经给折腾够啦。他连忙从椅子上跳起来,向奶奶一个九十度鞠躬:"奶奶,谢谢您了好不好?我再也受不了啦!"

奶奶一手拿药片，一手拿着杯子，停了下来："好孩子，受不了就快吃药……"闹闹这话奶奶又听见了。

　　"不不不，"筋疲力尽的闹闹轻轻地说，"我的牙一点儿也不疼……我就是想……吃炒鸡蛋。奶奶，我想吃炒鸡蛋。"

　　"唉呀，瞧我这记性，鸡蛋我早炒好了，偏忘了给端出来。你早晨说要吃炒鸡蛋，我就炒好了。你刚才干吗不提醒我一声？"

闹闹一面吃炒鸡蛋，一面想："奶奶真好，她一点没忘记给我吃炒鸡蛋。我不该老是哇啦哇啦对她嚷嚷。哎呀，不能光顾自己吃，奶奶也应该吃，我来夹给她……"

"你快吃吧，看着你牙齿不疼，吃得挺欢，我就高兴了。"奶奶说。

奶奶的那双怪耳朵不但听到了闹闹说得很轻的话，连他想说还没说出来的话也听到了。

　　奶奶的怪耳朵治好了闹闹爱闹的毛病。你可能认为这只是童话。可不管怎么说，闹闹如今真的不再闹了。

任溶溶

本名任以奇，原名任根鎏。广东鹤山人，1923年
5月19日生于上海。儿童文学翻译家、作家。译著
有《安徒生童话全集》《木偶奇遇记》《小飞人》
等；著有童话集《"没头脑"和"不高兴"》、儿
童诗集《小孩子懂大事情》《我成了个隐身人》、
散文集《我也有过小时候——任溶溶寄小读者》
《浮生五记》等。曾获陈伯吹儿童文学奖杰出贡献
奖、宋庆龄儿童文学奖特殊贡献奖、宋庆龄樟树
奖、国际儿童读物联盟(IBBY)翻译奖等奖项。

董 丽

插画师，绘本作者，擅长水彩画。保持着孩童般的
好奇心和天马行空的想象力，爱听别人的故事，画
有趣的画面。2012年开始绘本创作和水彩画研究，
绘画风格多样。2014年，举办个展《唤——董丽水
彩个展》。2015年，举办个展《画给你的日记——
董丽水彩插画主题展》。